Minhas tatuagens de
DINOSSAUROS

O **braquiossauro** foi um dos maiores dinossauros que existiu. Tinha a cabeça pequena e o pescoço bem longo.

Comparação de tamanho entre grandes dinossauros e outros animais.

Esqueleto do braquiossauro

Vértebras e crânio do braquiossauro

Viveu no período Jurássico e era herbívoro.

TIRANOSSAURO REX

As patas da frente eram pequenas e as traseiras, muito fortes.

Daspletosaurus
Albertossauro
Tiranossauro Rex
Nanotyrannus
Tarbossauro

Todos estes dinossauros fazem parte da família dos tiranossaurídeos. Você sabe qual era o maior?

O maior deles era o Tiranossauro Rex.

Era muito veloz.

O tiranossauro caçava grandes dinossauros herbívoros e também carnívoros, como ele.

O **tiranossauro** viveu no final do período Cretáceo. Ele foi o maior e mais terrível predador de sua época!

Crânio do tiranossauro

Alguns dados:
- Nome científico: **Tyrannosaurus Rex**
- 6 m de altura
- 14 m de comprimento
- 7 toneladas
- dentes de 20 cm

CARNOTAURO

A cabeça do carnotauro media mais de meio metro.

Ele caçava dinossauros menores, como o compsognato.

Que peça falta no quebra-cabeça acima? Procure nestas duas páginas.

A número quatro.

Salve-se quem puder!

O **carnotauro** foi um carnívoro feroz. Tinha dois pequenos chifres na cabeça, como um touro.

Alguns dados:
- 3,5 m de altura
- 7,5 m de comprimento
- espinhos desde a cabeça até a cauda
- o nome significa "touro carnívoro"
- viveu no Cretáceo

Suas patas dianteiras eram muito pequenas.

O **elasmossauro** era um gigante marinho. Ele tinha 14 metros de comprimento, sendo 8 metros só de pescoço.

Fóssil de um **amonite**

Fóssil de um **ictiossauro** gravado em uma rocha.

O **ictiossauro** media 2,5 metros e parecia com os golfinhos de hoje. Ele tinha muita habilidade na água e se alimentava de peixes e pequenos crustáceos.

Os **pterossauros** não eram dinossauros, mas sim répteis capazes de voar.

O **nyctossauro** tinha uma grande crista na cabeça. Ela poderia servir para equilibrar o peso quando ele transportava os animais que havia pescado.

O bico curvado dos **pterossauros** indica que eles pescavam. Alguns eram enormes enquanto outros tinham o tamanho de uma gaivota.

Estes répteis dominavam os céus!

OS "BICOS DE PATO"

O **lambeossauro** tinha 4 metros de altura.

Parassaurolofo

Esqueleto e crânio de um **parassaurolofo**

Estes são dinossauros que tinham um bico largo, como o dos patos.

Edmontossauro

Ajude este parassaurolofo a encontrar seu filhote.

Paquicefalossauro

COMO COLAR AS TATUAGENS

1. Recorte a tatuagem com a ajuda de um adulto.

2. Retire o plástico transparente e coloque a tatuagem sobre a pele, com a figura para baixo. A pele deve estar seca e limpa.

3. Molhe um pouco a região e espere um minuto, fazendo um pouco de pressão na tatuagem.

4. Retire o papel com cuidado. Comece por um canto. Se perceber que a tatuagem não está colada na pele, molhe de novo e espere mais 30 segundos

Crânio de um **coritossauro**